I0660030

Get arte 2147

DISCOURS
SUR
LES VIGNES.

In plateis fedebant omnes , & de bonis terræ
tractabant. *Maccab. Lib.* 1. *cap.* 14.

A DIJON,

Et fe vend à Paris,

Chez P i s s o t , à la defcente du
Pont neuf, Quai de Conti.

1756.

DISCOURS

SUR LES VIGNES.

A Liqueur que répand la Vigne chez ces Peuples heureux qui la cultivent, a été de tout tems fi célébrée, que fes louanges font dans la bouche de tous ceux qu'une loi fanatique n'en a point privés. Si les défordres qu'elle peut entraîner, l'ont fait regarder quelquefois comme une boiſſon dangereuſe ; elle eſt moins

A

nuifible, que ces compofitions inventées par l'art & la fenfualité, pour tromper le goût & altérer la fanté. Les Peuples qui ont le bonheur de recueillir les fruits de cette Plante agréable, peuvent s'en féliciter. Le culte de Bacchus eft l'origine du monde civilifé.

Le févère Licurgue, dont les rigides loix s'accordent mal avec la nature, fit arracher les Vignes de Lacédémone. Il eût mieux valu, dit Plutarque, affocier les Nymphes avec Bacchus, c'eft-à-dire, qu'il eût mieux fait de mettre de l'eau dans fon vin. Il eût mieux fait, fans doute, d'imiter le peuple d'Ifraël : il cultivoit les Vignes avec foin ; & le trouble qu'éprouva le Patriarche qui goûta le premier de ce jus féduifant, n'allarma point fes defcendans : il leur apprit à s'en méfier. Le fouverain Legiflateur des humains ne fit jamais arracher de Vignes ; il promit au contraire à fon Peuple cheri une terre abondante en Bled & en Vin. Des raifins prodigieux furent les premiers fignes de cette Contrée tant defirée , & la confolation d'un Peuple errant & défolé.

A ij

Nous habitons certainement
une terre promiſe. La France
abonde en terres labourables ,
& en Vignobles ; & nos Vins
ont l'avantage d'être les meil-
leurs & les plus ſociables de
l'Europe : auſſi ſont-ils les plus
recherchés. Ils ſont une bran-
che des plus conſidérables de
notre Commerce , & une ſour-
ce de richeſſes toujours ſail-
lante par l'attrait des plaiſirs ;
goût général , & moins varia-
ble que tout ce que l'induſtrie
peut fabriquer, pour ſatisfaire
un uſage paſſager.

C'eſt ſous cet aſpect qu'il faut
enviſager les Plants de Vigne.
Eſſayons de tracer une eſquiſ-

se des rapports que cette production peut avoir avec les
autres parties de l'Etat, &
avec l'intérêt commun & particulier. Cherchons les moyens
de mettre les Vignes en proportion avec les terres labourables, sans exciter de murmures, sans nuire au propriétaire. La culture de cette Plante est sans contredit la plus in-
téressante, après celle des ali-
mens ordinaires.

Dieu des côteaux, prêtes-moi
ces traits qui animent & font
briller la raison *. Consens

* . . . . . generosum & lene requiro
Quod curas abigat, quod cum spe divite manet
In venas animumque meum . . . . . . *Horat. 1.*
epist. 15. *v.* 18.

* A iij

que, fans violence & fans effort, Cérès obtienne fur toi
la préférence ; fans elle tes
préfens feroient moins utiles
& moins agréables. Si les ju-
rés deftructeurs de tes fruits
veulent en goûter la liqueur,
mêles-y le fiel & l'abfynthe.

Domitien imagina le pre-
mier d'arracher les Vignes
pour augmenter la culture des
bleds (a). Seul dans fon ca-
binet ; occupé à prendre des
mouches (b), il méditoit les

(a) Ad fummam quandam ubertatem vini,
frumenti verò inopiam, exiftimans nimio Vinea-
rum ftudio negligi arva ; Edixit. Ne quis in Ita-
lià novellaret ; utque in Provineiis vineta fucci-
derentur. *Suet in Domit, Num.* 7.
(b) Quotidie fecretum fibi horarium fumere
folebat, nec quidquam amplius, quàm mufcas

réformes de son Empire. Il
publioit sans cesse des Edits
sur les gladiateurs, les escla-
ves, les histrions. Il défendit
de faire des eunuques, & vou-
lut mutiler la terre. *Hic præ-
clarus Imperator, qui marés
castrare vetuit, terram eunu-
cham fecit* (a).

Domitien étoit bien éloi-
gné de penser, que Rome ne se
nourrissant plus que de grains
étrangers, qui étoient appor-
tés en tribut par les Nations
subjuguées, la culture des

---

captare, ac stylo præacuto configere. Ut cuidam
interroganti, essetne quis intus cum Cæsare,
non absurdè responsum sit, ne musca quidem.
Ibid. Num. 3.

(a) *Philostrates in Apollonio.*

bleds devoit s'affoiblir d'elle-
même en Italie ; que les Vins
au contraire étant fort recherchés, leur propagation étoit ex-
citée par le bénéfice qu'y trou-
voient les cultivateurs. Les Romains d'ailleurs avoient alors
d'autres soins que ceux de l'a-
griculture ; leurs terres étoient
converties en Parcs & en Jar-
dins délicieux. Ainsi le luxe
& une prévoyance mal enten-
due forgerent les premiers fers
des cultivateurs. L'Edit fatal
aux Vignes ne ramena point
l'abondance ; les bleds furent
toujours dans Rome l'étendard
de la sédition & de l'oisiveté.

Trop fidèles copiftes des loix Romaines, lorfque nous adoptames leur fyftême pour la Police des Grains (*a*), nous penfames comme Domitien fur la culture des Vignes ; nous craignimes qu'elles ne s'augmentaffent au préjudice des bleds ; & nos premiers réglemens puifés dans le Code furent le germe des allarmes dont nous fommes toujours agités.

Charles IX. dans le Régle-ment du 4 Fevrier 1567, Hen-ri III. dans celui du 21 No-

(*a*) Voyez le premier Chapitre de la Police des Grains.

* A v

vembre 1577. concernant les grains (a), ordonnerent aux Officiers des lieux, *d'avoir attention, qu'en leurs territoires les labours ne fussent délaissés pour faire Plants excessifs de Vignes.* Ainsi depuis Domitien jusqu'à nous, l'opinion sur les Vignes se trouve liée avec celle de la disette des grains. On se seroit préservé de l'erreur, si, sans se fier à d'antiques loix, on en avoit examiné les causes & les rapports.

Probus, après avoir pacifié l'Empire, occupa ses légions

(a) Voyez le 1. Chap. de la Police des Grains.

à réplanter les Vignes détrui-
tes par Domitien. Il trouva
sans doute ces cantons vagues,
sans habitans, sans culture ;
car il n'est pas à présumer qu'il
eût chassé les propriétaires,
ni forcé de convertir en Vignes des terres qui auroient
produit quelques fruits.

Par un Edit de l'an 281 il
permit aux Gaulois, aux Es-
pagnols, aux Pannoniens de
cultiver des Vignes à leur vo-
lonté. Ainsi il repeupla des
cantons déserts, & rendit à la
terre toute sa fécondité. Il
donna aux Gaulois des Pro-
vins d'Italie, tiges de nos vins
les plus exquis.

Pourquoi l'Edit de Domitien a t-il plus fait d'impression sur nous que celui de Probus ? c'est que nous avons toujours craint la disette , & que les Vignobles enlevant quelquefois des terres à la charue , il a été plus aisé de saisir une cause apparente & prochaine , & de défendre les nouveaux Plants ; *ne quis novellaret*; que d'aller jusqu'à la source, & de combiner les véritables causes qui animent ou qui découragent les différentes especes de culture.

C'est donc pour conserver les terres labourables, & arrêter le progrès des Vignobles, qu'a été rendu l'Arrêt du Conseil que nous allons transcrire.

Sur les représentations qui avoient été faites au Roi depuis long-tems, que la trop grande abondance des Plants de Vignes dans le Royaume, occupoit une grande quantité de terres propres à porter des grains, ou à former des pâturages ; causoit la cherté des bois, par rapport à ceux qui sont annuellement nécessaires pour cette espece de fruits ; & multiplioit tellement la quantité des Vins, qu'ils en détruisoient la valeur & la réputation, dans beaucoup d'endroits ; il auroit été rendu différens Arrêts du

Conseil, par lesquels toutes nouvelles plantations de Vigne ont été défendues, sans une permission expresse de Sa Majesté, dans les Généralités de Tours, Bordeaux, Auvergne, Châlons, Montauban, & dans la Province d'Alsace. Depuis ces défenses, plusieurs des sieurs Intendans & Commissaires départis dans les autres Provinces & Généralités, ayant par les mêmes raisons demandé de semblables défenses; & représenté, que si l'on ne prenoit pas les mêmes précautions dans les Généralités & Provinces voisines, le remede ne procureroit qu'un bien médiocre; parce

que dans quelques années les
Provinces & Généralités de leur
département se trouveroient sur-
chargées des Vins de celles limitrophes , qui ne se trouveroient pas comprises dans les
défenses. Sa Majesté voulant
faire cesser ces nouvelles plantations de Vignes , & remédier
aux inconvéniens qui en résul-
tent ; Vû l'avis des sieurs Intendans , &c. a ordonné , qu'à
commencer du jour de la publi-
cation du présent Arrêt , il ne
sera fait aucune nouvelle plantation de Vignes dans l'éten-
due des Provinces & Généralités du Royaume ; & que celles
qui auront été deux ans sans

être cultivées , ne pourront être rétablies , ſans une permiſſion expreſſe de Sa Majeſté , à peine de 3000. livres d'amende & de plus grande s'il y échoit , contre les propriétaires & tous autres particuliers qui contreviendront à la préſente diſpoſition ; laquelle permiſſion ne ſera néanmoins accordée , qu'au préalable le ſieur Intendant ou Commiſſaire départi dans la Province ou Généralité , n'ait fait vérifier le terrein , pour connoître , s'il n'eſt pas plus propre à toute autre culture qu'à être planté en Vignes. Ordonne en outre Sa Majeſté aux Sindics de chaque Paroiſſe , de veiller aux contraventions qui pourroient être faites à l'exécution du présent Arrét, & de dénoncer auxdits sieurs Intendans les contrevenans, à peine de 200. liv. d'amende pour chaque contravention qui sera découverte, dont ils n'auront pas donné avis. Enjoignons auxdits sieurs Intendans, &c. Fait au Conseil d'Etat le 5. Juin 1731.

C'est peut-être une témérité d'entreprendre de discuter un Arrêt solemnel, formé sur un vœu unanime, rendu sur l'avis des Magistrats les mieux intentionnés. Mais la voie de cassation est ouverte au Conseil à tous les fujets ; & Sa Majefté daigne les écouter. Notre Monarque veut le bien , & cherche à le faire.

Quand une opinion vrai-femblable s'empare de l'efprit d'une nation, il eft difficile de n'y pas fuccomber ; elle féduit les plus fages. La Philofophie d'Ariftote avoit fubjugué tout le monde penfant ; appuyée fur les argumens invincibles de l'Ecole & des Facultés, elle fut confirmée par Arrêt d'un de nos plus refpectables Tribunaux. Ariftote a depuis perdu fon procès & fes Sectateurs. Plaidons la caufe de Bacchus, il trouvera bien des partifans, s'il peut fe moderer, & s'il raifonne jufte.

En Efpagne, en Italie, en Hongrie, fur le Rhin, fur la Mofelle, & dans toute l'Allemagne, pays fort peuplés, & qui confomment beaucoup de grains, il y a autant de vignobles qu'en France. On n'y penfe pas que la propagation des Vignes faffe tort à la culture des grains ; il n'y a point de loi qui gêne le propriétaire fur l'emploi de fon terrain.

La France, plus prévoyante & plus féconde en Reglemens, a cru devoir diriger la culture des productions les plus néceffaires. Elle veut arrêter le pro-

grès de celles qui paroiſſent
ſur-abonder ; elle y emploie
toutes ſortes de précautions ;
elle a même recours aux dé-
fenſes ; digues imparfaites, toujours entamées par l'intérêt.
C'eſt lui ſeul qu'il faudroit
conſulter : mobile certain des
actions & de l'induſtrie, c'eſt
le bénéfice que l'on fait ſur
chaque denrée, qui en acce-
lere, ou qui en retarde la propagation.

Si l'on recueille les ſuffrages
du peuple & des différens or-
dres de l'Etat ; tous , & les
Cultivateurs même, excepté le
nouveau Vigneron, répondront
ſans héſiter , que les nouvelles

Vignes font nuifibles; ils le dé-, montreront, fi l'on veut; & en concluront néceffairement, qu'il faut *défendre* & *arracher*.

Ainfi donc l'orage qui ren-verfe les nouveaux Plants , gronde depuis long - tems. Il eft porté fur la France par des Loix antiques & modernes; il fe groffit de difcours vagues & habituels que chacun ramaffe autour de foi. Diffipons l'orage; examinons.

Craindre de manquer de pain ; defirer d'en avoir à trop bon marché; murmurer du bas prix des Grains; crier contre l'accroiffement des Vignes ; font quatre idées mal-rangées

dès l'enfance dans la tête d'un
François. Ces inquiétudes de-
vroient plutôt agiter ces Nations hyperborées que la nature
a traitées moins bien que nous.
Comment ont-elles pû naître
chez un peuple fobre & actif,
dans un climat fécond, au mi-
lieu de l'abondance même,
fous un gouvernement heu-
reux ? Opinions populaires,
Loix gênantes, combinaifons
défectueufes, vous feules nous
plongez dans l'erreur.

Si nous n'étions point per-
pétuellement aveuglés par nos
préjugés fur le prix du pain &
fur la difette, ne verrions-nous
pas clairement, que le feul

obſtacle que l'on doive raiſon-
nablement oppoſer à l'accroiſ-
ment des Vignes; c'eſt de permettre que nos Grains ſe ven-
dent avec autant de liberté,
que nos vins. Ces deux denrées ſont ſouvent en concurrence; leur prix décide ſeul de
l'inégalité de leur production.

Si le vin prend le deſſus,
comme on le prétend, n'en
cherchons la raiſon que dans
l'émulation du Cultivateur,
qui y trouve ordinairement un
bénéfice plus prompt & plus
aſſuré. Tous les calculs que
l'on pourroit oppoſer à ce rai-
ſonnement, ſeront juſtes ou
infidéles. S'ils ſont infidéles,

ils ne prouvent rien ; s'ils font
juftes , ils prouveront que le
propriétaire s'eft trompé à fon
préjudice : alors il convertira
bientôt fes vignobles en terres
labourables : il ne faut point
d'ordonnance pour l'y obliger.
Il y a peu d'hommes qui puif-
fent s'obftiner à perdre conf-
tamment.

Mais une preuve générale ,
qu'il y a plus d'avantage à pro-
vigner , qu'à tracer un fillon ;
c'eft qu'un propriétaire n'igno-
re pas , quand il plante une
nouvelle Vigne , qu'elle fera
infructueufe pendant quatre à
cinq années ; qu'il payera de
gros droits d'aides fur la recol-
te

te de ſes Vins, & qu'il n'y en
a aucun ſur les grains. Or pour
ſacrifier un revenu de cinq
années ; pour ſe ſoumettre vo-
lontairement au joug des Aides,
ſi redoutable par ſes formalités ;
il faut néceſſairement que le
Cultivateur enviſage plus de
gain dans la vente du Vin,
que dans celle du grain. S'il
perſévère, ſon bénéfice eſt dé-
montré ; s'il s'eſt mépris, il
reprendra bientôt la charrue,
ou toute autre culture plus
profitable. Sa Vigne ſera ren-
verſée, ſans l'effort d'aucune
ordonnance.

On ſe porte plus aiſément à
ſemer du grain, qui rend dès

la première année, qu'à plan-
ter une Vigne, qu'il faut at-
tendre pendant cinq ans. Il
eſt plus onéreux de recueillir
des fruits ſoumis à un impôt
inquiétant, que ceux qui ſont
exemts de tous droits. Donc,
ſi l'on préfère le Vin au Bled,
on peut affirmer que la culture
de la Vigne eſt plus avanta-
geuſe que celle du Vin.

Dans les Provinces où les
Aides n'ont pas lieu, les Vignes ſe multiplieroient plus
aiſément qu'ailleurs, ſi le bas
prix du Vin ne les aviliſſoit
aſſez ſouvent. Ainſi dans quelque contrée que ce ſoit, le remède contre la propagation des

Vignes se trouve dans leur excès même. Il se trouve encore,
dans une espèce de niveau qui
s'établit de lui-même dans chaque département, entre le prix
du pain & celui du vin. Si l'on
excepte les années fatales à l'u-
ne ou à l'autre récolte, & que
l'on compare le prix du Vin &
du Bled dans toutes les Provinces du Royaume; l'on ver-
ra, que dans les cantons où le
Vin n'est pas cher, le Bled y
est en même-tems à bon marché; & que dans les pays où le
Vin se vend bien, le grain se
soutient toujours à un prix rai-
sonnable.

Il y a un équilibre naturel

B ij

entre toutes les productions.
Il eſt réglé par la quantité de
terre & de travail que chacune
demande, & par le débit plus
ou moins fréquent de l'une ou
de l'autre. L'accident des ſai-
ſons peut le déranger quelque
tems ; mais il ſe rétablit de lui-
même ; non parce que chacun
s'empreſſe à y apporter du remède ; mais parce que chacun s'empreſſe à fournir ce
qui ſe vend le plus avantageu-
ſement ; ce n'eſt jamais l'effet d'une loi coactive, qui n'o-
père tout au plus que dans un
moment critique. Mais une
prohibition établie ſur quelque
denrée que ce ſoit, une fixa-

tion de prix ou de quantité, font des plaies continuelles, qui altèrent jufqu'aux racines, & les rendent languiffantes.

Ainfi tout eft proportionné dans un Etat ; & les chofes néceffaires à la vie fe contrebalancent continuellement d'elles - mêmes. Vouloir les fixer par des réglemens, c'eft en interrompre le cours. Tout fe cultive, tout fe fabrique par l'appas du gain. Malgré les Ordonnances, aucun fujet ne peut s'adonner à l'efpèce de travail qui ne remplit pas fes befoins. Il fe jette fur celui qui les lui donne plus facilement & plus fûrement. Vous ne

B iij

forcerez point à labourer une
terre qui n'entretient plus son
colon. Les Vignes croîtront
malgré vous, si le Vin rend
plus de profit que le Bled.

Les Réglemens s'y oppo-
feront en vain. L'essai de la
Police fur les Grains femble
avoir prouvé, que le bas prix
des grains est souvent cause
de la difette, parce qu'il ruine
& détruit les terres labourables ; que pour encourager la
culture des bleds, il faut leur
procurer un débit avantageux,
& leur accorder une liberté
entiere fur la vente. Quand le
Bled ne fera plus à trop bas
prix, on ne courera plus rif-

que d'en manquer, ni d'avoir trop de Vignes. L'un tient à l'autre par une chaîne visible.

L'accroissement des Vignobles, dont on se plaint si hautement, est une preuve incontestable, que la liberté du débit, en tout tems & en tout lieu, est le seul moyen d'encourager toute espèce de culture. Chacune prend faveur suivant le prix & la récompense qu'elle présente à son ouvrier, & cette récompense se proportionne d'elle - même à ses besoins. Si elle cesse de les lui fournir, il l'abandonne nécessairement. Si elle devient trop forte, mille travailleurs entrent bientôt en concurren-

ce, & la réduifent à fon véri-
ble taux. N'ayez nulle inquié-
tude, & laiffez faire. Toute
chereté eft un coup de vent
que vous ne pouvez parer.
Le tems & l'induftrie active
ramenent toutes chofes dans
l'ordre où elles peuvent le
mieux fubfifter. Le gain invite
au travail ; la perte & la gêne
en dégoûtent. L'autorité la plus
décidée n'agit qu'imparfaite-
ment contre ces mouvemens
dictés par la nature, & néceffaires à l'homme pour fa fub-
fiftance.

Les Vignobles ont profité
de tous les avantages que les
réglemens leur donnent fur les
terres labourées. Un Vigneron

peut vendre son vin à sa vo-
lonté. Il n'est jamais gêné sur
le prix, ni sur le tems de la
vente. Si le Marchand ne se
présente point, il cherche à s'en
défaire au dehors, où il le con-
vertit en Eau-de-Vie, dont la
garde est assez profitable.

La condition du Laboureur
est bien différente. Il est rare-
ment le maître de sa denrée;
on le veille de tous les côtés;
il ne peut faire aucune spécu-
lation éloignée; il n'a de res-
source que dans la disette; &
c'est alors qu'une loi sévère l'é-
pouvante & le contraint. Si
son grain s'avilit, il attend en
gémissant des débouchés tar-

difs , qu'il n'obtient qu'avec
peine. Donnez à ces deux Cultivateurs les mêmes facilités ;
ils auront les mêmes motifs ,
les mêmes dégrés d'émulation.
Le plus ou le moins de con-
fommation , le commerce le
plus étendu & le plus néceffaire fixera fans effort le nombre
& la qualité des terres que chacune de ces productions doit
occuper. Que la liberté foit
égale ; le prix fera leur véritable
arbitre.

Mais ne fouhaitez jamais que
le Laboureur donne des grains
à un prix qui lui foit onéreux :
vous provoquez la difette dont
vous voulez vous garantir.

N'arrachez point les Vignes, dans l'efpérance d'avoir plus de grains : fi vous ne les payez leur jufte prix , vous les payerez fouvent trop chers, fouvent vous en manquerez. Si les Vignes leur nuifent, traitez les Bleds comme les Vins ; laiffez-les fe difputer la préférence ; donnez - leur le même effor ; la denrée la plus néceffaire prendra d'elle-même le deffus. Le foc aura bientôt tranché le fep fuperflu , & ne lui cédera que le terrain qui lui convient le mieux.

Nous n'avons que trop écou-té nos préjugés fur les grains, & nos murmures fur les Vig-

B vj

nes. Le gouvernement s'y eſt prêté avec trop de complaiſance. Son attention pour le bien public, l'a engagé à avoir égard à une multitude de repréſentations. Elles ont dicté ces réglemens prohibitifs, qui introduiſent l'inégalité & le déſordre. Entrons dans le détail des motifs & des diſpoſitions de l'Arrêt que nous avons ci-devant rapporté.

L'on expoſe 1º. *que la trop grande abondance de Vignes occupe une grande quantité de terres propres à porter des grains ou à former des pâturages.*

Cela peut être vrai, & doit même néceſſairement arriver;

par les raisons que nous venons d'indiquer. Les Vignes doivent s'accroître, tant que le Vin aura plus de débouchés, plus de valeur, plus de liberté que le grain.

2°. *La grande abondance de Vignes cause la chereté des bois, par rapport à ceux qui sont annuellement nécessaires pour cette espèce de fruits.*

Les bois que l'on emploie aux échalats & aux tonneaux, exigent des façons ; ce sont des hommes de plus qui sont occupés ; c'est un bien pour l'Etat. Il n'y a point de perte par rapport à la consommation des Bois ; car ceux que la Vigne emploie ne servi-

roient qu'au chauffage , & ils
y retournent, quand ils ont fait
la fonction d'échalats ou de
tonneaux. Il n'y a aucun mal
que ces Bois augmentent de
prix, c'est une valeur de plus
pour le propriétaire des Bois.
Leur chereté ne peut avoir
d'autre effet , que de faire
vendre le Vin plus cher, & de
dégouter de cette récolte, qui
est l'objet qu'on se propose.

3°. *La quantité de Vins se
multiplie tellement , qu'elle en
détruit la valeur & la réputation.*

Si la quantité en affoiblit la
valeur, il en résultera néces-
fairement, que le propriétaire

n'aura plus d'intérêt à multi-
plier les Plants inutiles ou mauvais, & qu'il fera obligé de rendre au labour ou au pâturage
les terres qu'il avoit données
aux Vignes. Le remède fe trouve donc dans l'abondance même
de la production. Le colon cef-
fera d'être Vigneron, quand il
trouvera plus d'avantage à me-
ner la charrue. Tout métier
eft indifférent à l'homme qui
n'a que fes bras; & pour les
travaux de la terre il ne faut
pas d'induftrie pour changer de
profeffion; il ne faut que de la
force.

A l'égard de la réputation
des Vins, il n'y a rien à crain-

dre ; ceux qui font faits pour
en avoir, la conferveront toujours. Si quelques-uns la per-
dent, alors le propriétaire tra-
vaillera à la rétablir, ou il dé-
naturera fes Vignes, & d'autres cultures prendront leur
place. En fait de confomma-
tion, la feule chofe qui im-
porte au gouvernement, c'eft
qu'elle ne foit point pernicieu-
fe. Le bon ou le mauvais goût
eft indifférent à l'Etat. La meilleure marchandife pour tout le
monde, eft celle qui fe débite
le plus fouvent & le plus promp-
tement. La vente d'une denrée fouvent répétée, eft plus
profitable que fa meilleure réputation.

4°. *Les Arrêts rendus pour défendre les nouvelles plantations dans quelques généralités, ont engagé plusieurs Intendans à demander de semblables défenses, & à représenter, que si l'on ne prenoit les mêmes précautions dans les Provinces voisines, ce remède ne procureroit qu'un bien médiocre, parce que dans quelques années, leur département se trouveroit surchargé des Vins des Provinces limitrophes qui ne seroient point comprises dans les défenses.*

Les motifs de ces représentations sont assez difficiles à démêler & à concilier. Les nouveaux Plants proscrits dans quel-

ques départemens devoient diminuer l'affluence des Vins; il y
avoit donc moins lieu de craindre qu'auparavant, de l'abondance des Provinces limitrophes, si les défenses font un
remède. D'ailleurs un département ne peut jamais être fur-
chargé que de ses propres denrées, & non de celles de ses
voisins. S'il y en a trop dans
quelque canton, & qu'il y en
ait affez dans les cantons voisins, elles restent dans le canton surchargé, jusqu'à ce qu'un
prix plus fort les appelle ailleurs. Alors il n'y a point de
mal; elles hauffent d'un côté
& baiffent de l'autre, & elles

ceſſent de ſe tranſporter, quand
le prix les égaliſe. Il n'y a aucune ſurcharge, aucun incon-
vénient à cette tranſmigration
de denrées; elle ne ſe fait qu'à
proportion de la demande &
du beſoin. Il n'y a donc jamais
à craindre pour le voiſin, du
ſuperflu d'une denrée limitro-
phe. Elle ne ſe déplace point
ſans néceſſité. Le trop de denrées dans un canton ne peut
faire tort qu'au canton même.
Une liberté égale ſur la vente
de toutes les proviſions, en
tout tems & en tout lieu, eſt
le véritable remède à la ſurcharge. Il eſt néceſſaire que
chaque Province puiſſe ſe dé-

barraffer de fon fuperflu com-
modément & à propos ; autre-
ment la production furabon-
dante eft étouffée par la quantité qui refte inutile. C'eft donc
un mal d'empêcher une Province fubmergée , pour ainfi
dire , par quelque denrée , de
la répandre où fon cours naturel peut la porter. C'eft le dé-
faut de la circulation arrêtée
par les réglemens, qui engen-
dre ces plaintes fi fouvent ré-
pétées fur le trop ou le trop
peu. Laiffons - les s'écouler
avec la fur abondance, & l'une
abforbera l'autre.

Après avoir expofé les motifs de l'Arrêt, voyons les remèdes qu'il ordonne.

1°. *Ne fera fait aucune nou-*
velle plantation de Vignes dans
le Royaume ; & celles qui au-
ront été deux ans fans être
cultivées, ne pourront être ré-
tablies, fans une permiffion ex-
preffe, à peine de 3000 livres
d'amende, & de plus grande,
s'il y échet.

Nous avons fuffifamment
parlé du feul moyen d'empêcher les nouveaux Plants de
Vignes ; c'eft d'accorder la
même liberté, la même faveur
au Grain qu'au Vin, & aux autres productions de la terre.

Voilà donc les Vignes qui
feront reftées deux ans fans
culture, condamnées fous des

peines formidables à ne pou-
voir se relever, sans permission
expresse.

Si le propriétaire a aban-
donné sa Vigne, c'est un signe
évident de quelque désastre,
ou de quelque dérangement.
Ne seroit-il pas plus prudent
de l'inviter par quelque récompense à reprendre ses travaux,
que de l'effaroucher par une
loi rigide. S'il n'a pas le talent
ou le moyen de solliciter la
permission requise, sa Vigne
est une terre perdue; & peut-
être qu'elle n'est propre qu'à
produire des raisins. Quand
même elle conviendroit mieux
au labour, le terrain n'est peut-

être pas affez grand pour foutenir les frais d'une charrue.
Il n'y a peut-être nulle commodité dans le voifinage pour
en louer ; & le poffeffeur n'a
peut-être pas la faculté d'entreprendre d'autre culture.
Ainfi loin de rappeller un Cultivateur obéré , la rigueur de
la loi le profcrit , & le force
à déferter. S'il n'eût point été
gêné par la formalité , épouvanté par les frais & par l'amende ; s'il eût été maître de
fon travail , il fût peut-être
revenu ; fon coin de Vigne
l'auroit fait vivre , & l'auroit
mis en état de pouffer plus
loin fes entreprifes.

Ne vaut-il pas mieux pour l'Etat, qu'une mauvaise Vigne soit cultivée, que de voir des terrains incultes, sans hommes, & sans productions? La séverité de la Loi peut donc faire un mal, & ne produit aucun bien. Trois arpens de Vignes peuvent occuper & entretenir un homme & sa femme; il en faut quatre & demi en terres labourables; c'est ce que nous développerons par la suite plus amplement. C'est donc un mal réel, que de donner des entraves à cette espèce, à cette qualité de terre, dont une moindre portion emploie un plus grand nombre de travailleurs.

2°. *La*

2°. *La permiſſion ne ſera point accordée, que le terrain n'ait été vérifié; pour connoître s'il n'eſt pas plutôt propre à autre culture, qu'à être planté en Vignes.*

Vérifier un terrain, pour s'aſſûrer de ſes propriétés, eſt une expertiſe auſſi difficile, qu'équivoque. L'expérience ſeule peut indiquer ſa qualité. Si le plus habile Phiſicien n'en décide que par conjecture, comment un Juré Vérificateur pourra-t-il en juger ? Le priſera-t-il comme une liqueur, par l'inſpection & par la dé-guſtation ? il a peut-être un indice plus certain : le calcul eſt la meſure de ſes connoiſ-

C.

sances, & l'intérêt la régle de
ses décisions. Ainsi voilà les
Vignobles livrés à l'arbitrage
d'un Expert ignorant & avide.
Les cultures prospéreront-elles
avec de pareilles précautions?
n'est-ce pas les charger d'une
nouvelle taxe?

Si les motifs n'ont été sug-
gerés que par la crainte , &
si les remèdes sont insuffisans,
ferons - nous exécuter un ré-
glement qui , loin d'apporter
quelques avantages, peut être
préjudiciable à l'Etat & aux
Sujets.

Il est contre la régle de l'é-
quité la plus générale d'empêcher un possesseur de dispo-
ser à son gré d'un terrain ,

dont il doit la jouiſſance à la
protection de l'Etat ; & qu'il
employe toujours à ſon plus
grand avantage. Or plus un
propriétaire tire de ſon fonds,
plus l'Etat y trouve de bénéfice. Si le particulier s'y trom-
pe quelquefois , ſon intérêt
l'engage bien-tôt à revenir à
la culture la plus lucrative.
Celle des Vignes eſt plus favo-
rable qu'aucune autre à l'augmentation des ſubſides & de
la population.

Perſonne ne doute que dans
les Païs d'Aydes, la vente des
Vins donne un produit de ferme
plus conſidérable qu'aucune autre denrée. La Vigne eſt donc
un des principaux revenus de

l'Etat. Il seroit peut-être à desirer que la perception des droits fût plus claire & moins litigieuse ; les secours que le Gouvernement peut en tirer seroient plus efficaces , & nul impôt ne seroit plus sagement établi. Personne ne pourroit se plaindre d'un droit aussi volontaire , & si capable de mettre un frein aux excès. La culture des Vignobles ne doit donc point être arrêtée ; c'est diminuer les revenus de l'Etat.

Mais , ce que peu de personnes imaginent , c'est que la culture de la Vigne augmente la population ; la preuve en est aisée.

Considérons une lieue de terrain toute employée en terres labourables, & une autre occupée toute entiere par des Vignobles.

Chaque lieue quarrée contient 4688 arpens. Un homme & sa femme peuvent travailler quatre arpens & demi de terre labourable. Un homme & sa femme ne peuvent travailler que trois arpens de Vignes. Interrogez les personnes au fait, ils attesteront, que c'est l'estimation la plus ordinaire.

Sur 4688 arpens de labour, déduisez le tiers, parce que l'on ne peut mettre ordinairement que les deux tiers en valeur chaque année ; il reste pour chaque récolte 3125 arpens.

C iij

Répartiſſez le travail de ces 3125 arpens entre le nombre d'hommes & de femmes qui le peuvent faire, à raiſon de quatre arpens & demi pour l'homme & la femme. Vous trouverez qu'une lieue de terre labourée, dans ſa totalité, donne à travailler, & peut contenir 1390 habitans de l'un & l'autre ſéxe.

Faites la même opération pour la lieue de Vignoble. Une Vigne dure 30 ans; ſur quoi il faut déduire les cinq années qu'elle eſt ſans rapporter. Chaque arpent ſera replanté tous les 30 ans, ce qui fera ſur la maſſe de la culture un ſixième de vuide tous les ans, qu'il faut déduire fur la totalité des 4688 arpens qui forment la lieue de Vignoble. Il ne reftera plus en valeur chaque année, que 3906 arpens.

Diftribuez cette quantité à raifon de trois arpens pour l'homme & la femme, vous trouverez qu'une lieue toute plantée en Vignes, peut donner de l'ouvrage, & par conféquent être habitée par 2604 habitans des deux fexes (a).

Ne fera-t-on point étonné de la prodigieufe différence entre le nombre des habitans

---

(a) On fuppofe pour ces deux calculs qu'il n'y a fur ces deux terrains, ni Bois, ni Prez, ni Eaux, ni Bâtimens, & que tout cela fe trouve dans le voifinage.

qui couvrent l'une & l'autre
lieue ? Quelque surprenante
qu'elle puiſſe paroître, elle
eſt cependant véritable. Nous
n'approfondirons point à pré-
ſent toutes les réfléxions que
ce calcul préſente. Livrons-le
à l'attention des politiques
économes ; ils verront ſans
doute quelle reſſource préſente une terre plantée en Vignobles, tant par le nombre des
contribuables, qui eſt plus fort
que partout ailleurs, que par
l'augmentation des ſubſides
néceſſaires à l'Etat, toujours
mieux aſſignés ſur des conſom-
mations volontaires, que ſur
toute autre partie. Ils y verront un commerce intérieur

confidérablement accru à l'a-
vantage de l'Etat & du particulier, par les confommations
& les fournitures néceffaires à
ce plus grand nombre d'habitans. Ils y verront un commerce extérieur répandant des
richeffes fur le Peuple par cette
culture fimple & naturelle,
plus certaine que ce qui dé-
pend de la fantaifie, de la mo-
de, ou d'une induftrie appré-
tée. Ces détails s'étendent à
l'infini, & nous méneroient
trop loin.

Si l'on eût fait ces combinaifons, on auroit moins écou-
té des repréfentations vagues
& populaires. On eût été plus
circonfpect à vouloir diriger

par des réglemens le travail
du cultivateur. On se seroit
gardé d'adopter des Loix
Romaines inventées dans le
tems de la plus grande cor-
ruption. On seroit remonté à
la source, & l'on auroit demandé : pourquoi dans les tems
primitifs de cet Empire for-
midable , on n'accordoit que
cinq mesures de terres à une
famille, *quinque jugera* ; pourquoi les Loix Agraires avoient
excité tant de débats ; pourquoi il étoit défendu au plus
riche de posséder plus de cinq
cent mesures de terres ? C'est
que les Romains savoient alors
par l'expérience, la valeur &
la conséquence des produits

de la terre. Ils en envisageoient les revenus & les effets, comme la véritable source de la force & de la richeffe. Ils n'ignoroient pas, que plus un feul maître poffede de terrain, plus il eft mal employé pour le bien de l'Etat ; que les plus grands héritages font des principes de deftruction ; qu'au contraire des terres divifées en plufieurs portions portent plus de fruits , & entretiennent une plus grande quantité d'hommes.

Lorfqu'ils eurent perdu de vûe ces principes falutaires, ils s'appliquérent à faire des Loix qui puffent rétablir la culture. Ils fe trompérent fur

les moyens; & nous les avons
suivis.

Il seroit aisé de faire connoître par des calculs fort sim-
ples, quelles font les espèces
de cultures plus profitables à
l'Etat & au particulier; & de
former un tableau graduel des
différens effets qu'elles opèrent
fur le Peuple; de montrer par
quels moyens elles fe varient,
dans quelles circonstances elles
augmentent ou diminuent. Ce
n'est jamais l'ouvrage de la con-
trainte & des défenses. Ces mé-
tamorphofes fucceffives & im-
perceptibles, fe font d'elles-
mêmes par l'intérêt, par les
différentes façons de vivre, par
les paffions, & fur-tout par les

besoins. Mais ce seroit nous
écarter de notre objet ; il nous
suffit d'avoir montré que les
Vignobles contiennent, dans le
même espace, un plus grand
nombre d'hommes, qu'aucune
culture possible : Cette réflé-
xion seule peut contrebalancer
tous les raisonnemens équivo-
ques, qu'une terreur panique
n'a que trop accrédités.

Si les Vignobles ont envahi
les terres labourables dans plusieurs cantons ; si l'on s'en plaint
sur les confins de l'Espagne (a) ;
faut-il les faire arracher ? Non.
Il faut défendre aux Jurats d'o-
bliger les Habitans à en boire

(a) Voyez la Lettre écrite de Bayonne , dans le
Journal Economique du mois de Fevrier 1756. p. 77.

les vins , & laiſſer au Peuple
la liberté de choiſir ; toute con-
ſommation doit être volontaire. Il faut permettre en même
tems le tranſport & le paſſage
des Grains à l'Etranger ; & le
Propriétaire ne plantera plus
tant de Vignes : elles ne ceſſe-
ront de faire tort aux Grains,
on ne peut trop le répéter,
quand il n'y aura pas une liberté auſſi abſolue pour la vente
de l'un que de l'autre. Il faut
qu'ils offrent les mêmes reſ-
ſources , la même perſpective.

Condamnerons-nous ces Vi-
gnobles qu'arroſent la Seine ,
la Loire , la Charante , la Ga-
ronne , & dont elles portent les
les Vins en différens climats ? Si

quelques Plants moins précieux y mêlent des qualités inférieures , oppofons-leur fans crainte nos Grains fuperflus ; laiffons-les entrer en concurrence : une égale liberté fur le Commerce extérieur , augmentera l'abondance des Grains , & diminuera celle des Vins.

Le prix , cet équitable arbitre de toutes chofes , toujours la balance en main , montre aux humains attentifs dans tous les coins du monde , la mefure & la récompenfe de leurs travaux ; il dirige leurs efpérances , & régle toutes leurs occupations. C'eft lui qui , fans aucun fecours , fçait fixer les quantités de chaque production ; il les

apprête , les proportionne , &
les dispense relativement aux
demandes & aux besoins ; mais
il ne veut être ni captif ni contraint. Le Cultivateur marche
sans peine à sa suite , quand il
n'est point affecté par la crainte
des Réglemens. Restraindre le
commerce des Bleds à l'intérieur seulement ; laisser libre
celui des Vins ; arracher les
Vignes ; c'est emmaillotter l'un ,
laisser croître l'autre , & le mutiler ensuite pour les rendre
égaux. La Nature seule en liberté établit & régle les pro-
portions.

Contemplons les Fourmis ,
les Abeilles , les Castors ; ils se
réunissent , ils vont , ils vien-

nent ; rien ne les contraint :
ils ne se trompent point sur le
nécessaire ; l'instinct leur ensei-
gne à le chercher , à le trou-
ver, à se gouverner, à élever même des édifices dignes de notre
admiration : Témoins de l'in-
dustrie qui conduit leur acti-
vité ; accordons du moins aux
hommes la même faculté :
quand la plupart d'entr'eux ne
seroient que des automates ,
ils se porteroient d'eux-mêmes
vers les objets de leurs desirs.
Quand les Loix ont une fois
fixé la société , & établi l'ordre de l'administration , elles
n'ont rien à faire sur les néces-
sités de la vie. Laissez agir ce
sentiment intérieur des besoins

& de l'aifance ; laiffez les hommes combiner ; ne travaillez
qu'à leur en faciliter les moïens;
ils trouveront mieux qu'aucune ordonnance ce qui convient
le plus à leur fituation & à
leurs facultés : l'équilibre fe
trouve & s'entretient de lui-même. Laiffez agir la liberté.

Ce n'eft point cette paffion
fi flatteufe pour le commun des
hommes , cette licence incon-
fidérée , qui s'ingere de tout ré-
gir , qui raifonne de tout , qui
veut tout voir , excepté les
maux qu'elle peut faire ; mais
cette liberté active , intelli-
gente, animée par l'intérêt per-
fonnel, qui conduit les travaux
les plus pénibles , & dirige les

entreprifes les plus difficiles ;
cet inftinct eft l'ame de la Société , la fource de tous les
Biens , la tige des Revenus ,
& le foutien de l'Etat.

Roi des François , Monar-
que bienfaifant , dont les vues
s'étendent fur toutes les parties
du bien public ; ce n'eft point
votre intention qu'aucune Loi
puiffe affoiblir le reffort le plus
actif de l'opulence de votre Peuple , & de la puiffance de votre Royaume. C'eft à l'ombre
de la liberté que croiffent avec
abondance toutes les Plantes
qui verfent des richeffes dans
vos Etats. Que le Cultivateur
chante dans les campagnes , ani-
mé par l'efpérance d'une terre

qu'il travaille à son gré, & qui doit le combler de biens : Ainsi l'on chantoit les louanges de Simon Maccabée, & l'on célébroit par-tout le bonheur & la gloire de son Gouvernement. Chacun cherchoit le bien public & le faisoit ; & le Colon tranquille raisonnoit dans sa Vigne & sous son Figuier : *In plateis sedebant omnes, & de bonis terræ tractabant.... Et sedit unusquisque sub vite suâ, & sub ficulneâ suâ, & non erat qui eos terreret.* Lib. 1. Macc. cap. 14. v. 9. & 12.

F I N.